Uri Orlev . Jacky Gleich

La pequeña niña grande

Uri Orlev . Jacky Gleich

La pequeña niña grande

versión alemana de Mirjam Pressler

www.librerianorma.com | www.literaturainfantilnorma.com

Bogotá, Buenos Aires, Caracas, Guatemala, Lima, México, Panamá,
Quito, San José, San Juan, Santiago de Chile.

Orlev, Uri, 1931-
La pequeña niña grande / Uri Orlev ; ilustración Jacky Gleich; ; traducción Selnich Vivas Hurtado. -- Bogotá : Carvajal Soluciones Educativas, 2007.
36 p. : il. ; 27 cm. -- (Buenas noches)
Para niños de 3 a 8 años.
Título original. Das kleine grosse Madchen.
ISBN 978-958-04-9872-8
1. Cuentos infantiles polacos 2. Niños - Cuentos infantiles 3. Sueños - Cuentos infantiles 4. Imaginación – Cuentos infantiles I. Vivas Hurtado, Selnich, 1971-, tr. II. Gleich, Jacky, 1964-, il. III. Tít. IV. Serie.
I891.853 cd 21 ed.
A1103257

CEP-Banco de la República-Biblioteca Luis Ángel Arango

Título original en alemán:
DAS KLEINE GROßE MÄDCHEN
de Uri Orlev e ilustración de Jacky Gleich
Una publicación de Beltz Verlag, Weinheim y Basel.

Avenida El Dorado # 90-10, Bogotá, Colombia.

Impreso por Editora Géminis S.A.S.
Impreso en Colombia — Printed in Colombia.
Marzo, 2017

Traducción: Selnich Vivas Hurtado
Edición: Carolina Venegas Klein
Diseño y diagramación: Patricia Martínez Linares

CC. 26012263
ISBN: 978-958-04-9872-8

Daniela era una niña pequeña. Bueno en realidad no era taaan pequeña. Era más grande que el bebé de Sara, la vecina, y más grande que el gato. Era más grande que su prima Ruti.

Pero de todos modos era más pequeña que los niños del jardín infantil y mucho más pequeña que los niños de la escuela.

Y claro, también era muchísimo más pequeña que papá y mamá.

Papá y mamá podían encender la luz y abrir la puerta con la llave solos. Y también podían cortar cosas con las tijeras grandes.

Y cuando Daniela los miraba, veía sus cabezas muy por encima de ella.

Tan alto estaban, que no siempre oían lo que Daniela les decía.

Entonces Daniela tenía que gritar. Y cuando lo hacía, papá y mamá le decían: «No grites así, Daniela. También te oímos cuando hablas bajito».

Pero ellos no siempre la oían. Y si querían hablar con Daniela de cerca, tenían que agacharse.

A veces Daniela se encontraba con su tía Ana, que siempre le decía: «¡Cuánto has crecido!».

Pero Daniela sabía que era bajita y se enojaba.

Hasta que una mañana, Daniela se despertó y de repente se vio convertida en alguien muy grande. Se levantó de la cama y corrió con pasos largos hacia el dormitorio de sus papás.

Papá y mamá estaban dormidos y se veían tan pequeños, tan pequeños, que Daniela soltó una carcajada.

Se rió tan duro que ellos se despertaron.
–¡Levántense! –les dijo–. ¡Levántense ahora mismo! Van a llegar tarde al trabajo.
Pero papá y mamá no querían levantarse.

Así que Daniela los alzó a ambos, uno en cada brazo, y los llevó hasta el baño.

Primero le lavó las manos y la cara a papá, y le cepilló los dientes.

Después le lavó las manos y la cara a mamá.

Mamá quería cepillarse los dientes, pero Daniela no se lo permitió porque tenía mucha prisa.

–No, mamá –le dijo–. Mañana tendremos más tiempo y podrás cepillarte los dientes sola.

Los tomó de la mano y se dirigió al ropero.

–Te pondrás lo que yo te diga –le dijo a papá–. Y deja de hurgar en los cajones.

Papá tomó la ropa que Daniela le alcanzó y se vistió sin quejarse.

–Y tú –le dijo Daniela a mamá–, no escarbes más en el armario. Yo te escojo un vestido.

–¡Pero quiero ponerme un pantalón!
–dijo mamá.

–Todos los días es el mismo cuento
–contestó Daniela–. Si te escojo un vestido, quieres un pantalón. Si te escojo un pantalón, quieres un vestido.

Daniela cerró el armario con llave y llevó a papá y a mamá a la cocina.

Los sentó a la mesa y les dio a cada uno un huevo tibio, una rebanada de pan con miel y un vaso de leche.

Papá comió solo, y, como ya estaba tarde, Daniela terminó de darle el desayuno a mamá.

–¡Puedo comer sola! –dijo mamá furiosa.

Pero Daniela le quitó la cucharilla y le dio el huevo.

–Come en el plato y no hagas reguero –le dijo Daniela a papá.

Mamá quería tomar café.

–Lo siento mucho –dijo Daniela–. Hoy no hay café.

Papá se tomó la leche en silencio.

Daniela le dio a papá un cepillo y tomó otro para peinar a mamá.

–¡Me estás jalando el pelo! –gritó mamá.

–No tengo la culpa de que tengas el pelo enredado –dijo Daniela–. Córtatelo.

–A papá no le gusta que yo tenga el cabello corto –dijo mamá.

–Ya es hora de que te vayas para el jardín infantil –le dijo papá a Daniela–, y tú ni siquiera estás lista.

–Hoy no voy a ir al jardín infantil –respondió ella.

Papá y mamá se fueron para el trabajo y Daniela se quedó sola en la casa.

De repente, todo quedó en silencio. El silencio reinó por toda la casa; en la cocina, en el baño, en el dormitorio de sus papás y en el de Daniela.

Daniela regresó rápidamente a la cama y se tapó bien.

«¿De verdad se fueron y me dejaron sola?», pensó. No le gustaba el silencio.

El silencio le molestaba.

Se le metía a la fuerza en los oídos, de tal modo que ni siquiera podía seguir oyéndolo.

Incluso, cuando Daniela comenzó a hablar en voz alta, el silencio no le respondió.

–¡Mamá! ¡Mamá! –gritó Daniela, sobresaltada.

Gritó tan duro que se despertó.

Y allí, frente a la cama, estaba mamá.

Daniela echó a un lado la cobija y dijo:

–Mamá, mírame. ¿Soy pequeña o grande?

–Eres más grande que el bebé de Sara y más grande que Ruti –dijo mamá.

–¿Soy más grande que papá? –preguntó Daniela preocupada.

–No –sonrió mamá–. No eres más grande que papá.

–¿Y tampoco más grande que tú?

–No –aseguró mamá–, tampoco eres más grande que yo.

–Humm... entonces tal vez soy una pequeña niña grande... –dijo Daniela.

Se tapó de nuevo y se quedó dormida.